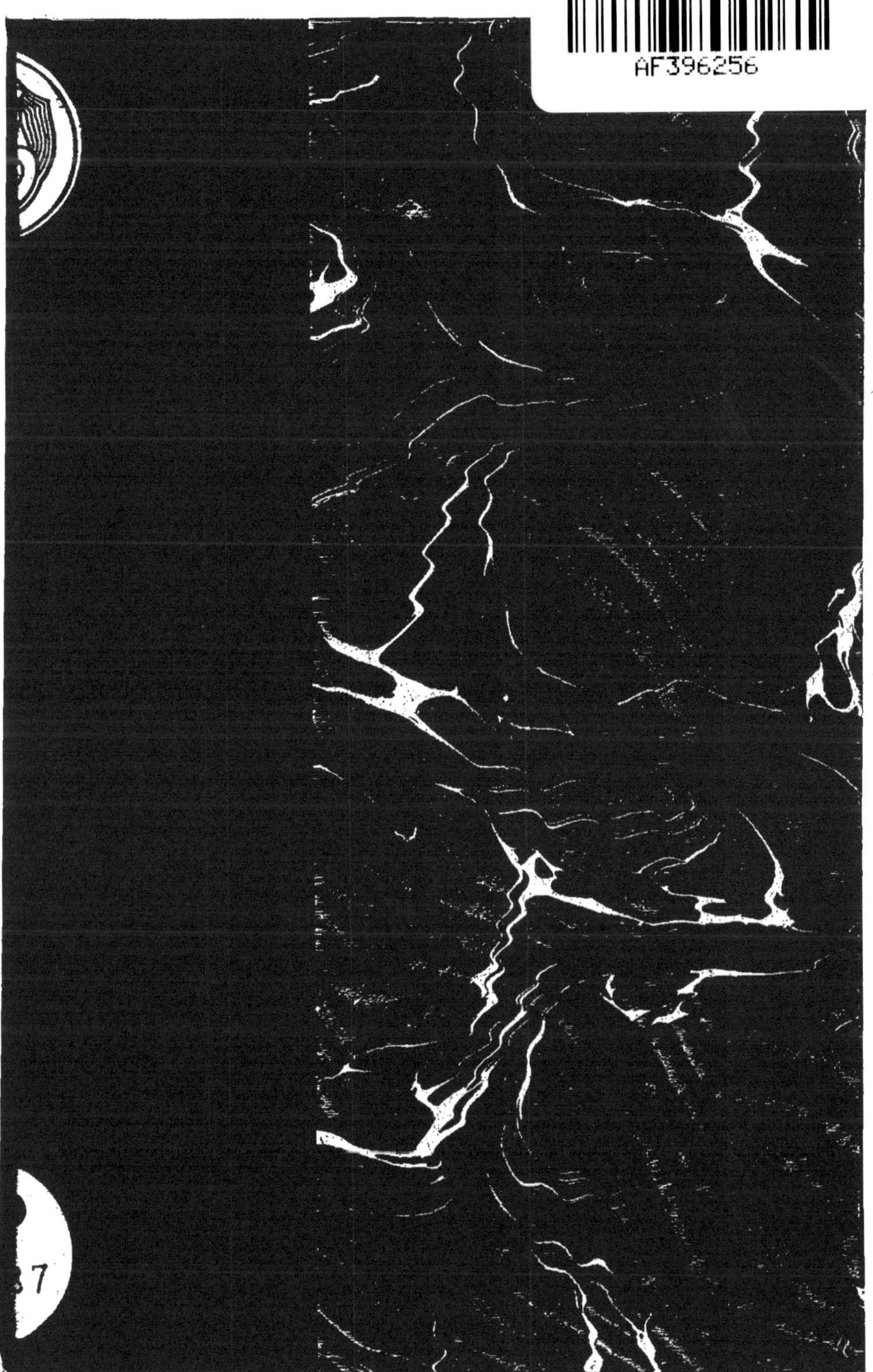

ROBERT 1976

A. RONDEL

DAMES SEULES

DIALOGUE

POUR

UN JEUNE HOMME ET UNE JEUNE FILLE

PAR

LEMERCIER DE NEUVILLE

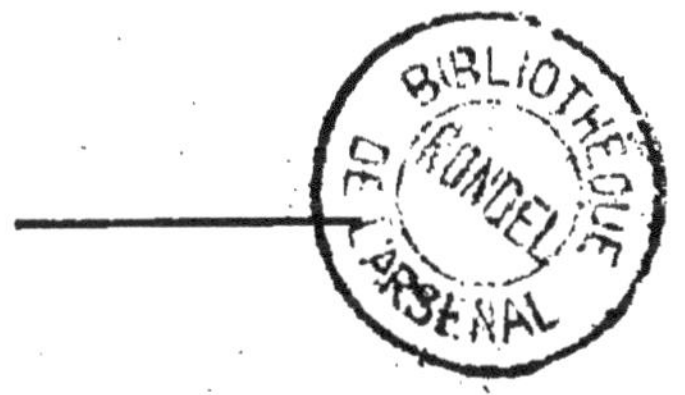

DAMES SEULES

EMMA DESFEUILLES, jeune veuve, 19 ans.
JULES BESNARD, 20 ans.

(Un compartiment de chemin de fer. Chaises ou canapés placés perpendiculairement au public, simulant les banquettes.)

EMMA, *assise sur une des banquettes, place près d'elle un petit sac de voyage et un livre. Toilette de voyage sombre, voilette.*

Je ne serai pas dérangée ! Personne que moi dans le compartiment et c'est le compartiment des dames seules ! — Il y a un an, je n'aurais pas voyagé ainsi, j'avais mon mari. — Aujourd'hui, je suis veuve ! Une jeune veuve, orpheline et s'ennuyant beaucoup ! Aussi, mon tuteur, qui est notaire, ne veut-il pas que je reste ainsi. Il tient absolument à me marier. (*Elle ouvre son livre et lit le titre.*) « Oraisons funèbres de Bossuet. » Étourdie que je suis ? Ce n'est pas ce livre-là que je voulais prendre ! Lire des oraisons funèbres, au moment où l'on va vous proposer un mari ! (*Riant.*) Ah ! ah ! l'opposition est drôle ! Je trouve que mon tuteur me presse un peu ! (*Elle ouvre son sac de voyage et prend une lettre.*) Relisons sa lettre. — « Ma chère Emma, toute affaire cessante, prends le train et accours près de moi à Rouen. Viens directement à mon étude. J'ai trouvé pour toi un parti excellent. Un jeune avocat plein d'avenir. Je ne doute pas que tu lui plaises et je suis sûr qu'il te plaira. C'est le fils d'un de mes vieux amis ; j'en réponds ! A ton âge, on ne saurait rester seule ; je suis convaincu que Jules Besnard fera ton bonheur. » Bon tuteur, il fait pour le mieux et je dois le remercier ; mais comment peut-il savoir ce qu'il me faut, puisque je ne le sais pas moi-même ! (*Elle remet la lettre dans son sac de voyage qu'elle referme.*) Enfin ! une entrevue n'est pas un engagement ! (*Regardant sa montre.*) Neuf heures ! Nous allons arriver à Mantes ! Le train se ralentit ! Pourvu qu'il ne monte pas ici d'autres voyageuses ! je voudrais rester seule jusqu'à la fin de mon voyage.

VOIX AU DEHORS

Mantes ! Mantes ! Une minute d'arrêt !

EMMA

Dans une heure et demie, je serai à Rouen ! On
voyage si vite, maintenant !

VOIX AU DEHORS

Dépêchez-vous donc, monsieur, le train va partir !

JULES, *entrant brusquement, une valise à la main, et
s'asseyant sur le canapé en face d'Emma.*

Ouf ! Un peu plus je manquais le train ! Pardon,
madame !

EMMA

Mais, monsieur, c'est le compartiment des dames
seules

JULES

Des dames seules ! Ah ! pardon, je n'avais pas lu
l'étiquette ! (*Il se lève et va pour sortir. Coup de
sifflet du départ.*) Oh ! trop tard ! Excusez-moi, madame, j'étais si pressé !

EMMA

Je ne vous dis pas le contraire ! Mais c'est fort
désagréable.

JULES

Moi, je ne trouve pas !

EMMA

Encore, si je n'étais pas seule !

JULES

Mais vous ne l'êtes plus, madame ! — Je suis dé-

solé de ne pas pouvoir remédier à mon étourderie !
Impossible en ce moment de changer de compartiment.

EMMA

Je le sais bien, monsieur !

JULES

Au moins, madame, soyez assuré de ma parfaite
convenance. Je vais regarder le paysage à droite, et
vous à gauche, ou bien, vous à droite et moi à
gauche, comme vous voudrez. Je ne vous adresserai
pas la parole et vous pourrez facilement vous figurer
que je ne suis pas là.

EMMA

Il n'en est pas moins vrai que vous y êtes.

JULES

Certainement ! Mais comptez sur ma discrétion.
Du reste, à la première station, je changerai de compartiment.

EMMA

Cela vous sera difficile ! Il n'y en a pas d'ici Rouen
et c'est à Rouen que je m'arrête.

JULES

Tiens ! Et moi aussi.

EMMA

Ce n'en est que plus désagréable pour moi ! On
verra que nous étions seuls dans le compartiment !
Je vous avoue que je suis très contrariée.

JULES

Je le comprends, madame, et j'ajouterai que cela me contrarie beaucoup aussi.

EMMA, *railleuse.*

Ah !

JULES

Mon Dieu oui, madame, et ne prenez pas cela en mauvaise part. Je vais à Rouen pour me marier et si l'on me voit avec vous... il y a tant de mauvaises langues !

EMMA

C'est ce que je crains !

JULES

Vous allez vous marier aussi ?

EMMA

Que vous importe ? Votre présence suffit pour me compromettre.

JULES

La vôtre me compromet aussi. Dans ma position de prétendu, je dois être d'une correction absolue. Aussi devez-vous être complètement rassurée ! Ah ! bien ! si mon notaire qui doit me présenter ma future me voyait ici seul avec vous, il ne s'intéresserait plus à moi et tout serait rompu avant d'être lié. On croit toujours au mal.

EMMA

C'est malheureusement vrai !

JULES

J'aurais beau plaider ma cause, je la perdrais ! Car je suis avocat, madame.

EMMA

Je n'ai pas de procès, monsieur.

JULES

Je vous en félicite ! Les meilleurs ne valent rien. — Cependant il ne faut pas que je dise du mal de ma profession, je l'aime et j'en suis fier ! C'est elle du reste qui m'a valu l'amitié de maître Bernichon, mon notaire, et du choix qu'il a fait de moi.

EMMA, *étonnée.*

Maître Bernichon ?...

JULES

Vous connaissez ?

EMMA, *troublée.*

Je... j'ai entendu parler de lui. (*A part.*) Ah çà mais... est-ce que ça serait mon prétendu ?

JULES

Un honnête homme celui-là ! J'ai fait sa connaissance d'une façon bien singulière. — Figurez-vous, madame... Mais, pardon ! je vais peut-être vous ennuyer avec mon histoire...

EMMA

Du tout, monsieur.

JULES

C'est que, en ma qualité d'avocat, je suis bavard.

EMMA

Au tribunal, ce n'est pas un défaut...

JULES

Oui ! mais hors du tribunal ! Enfin, puisque vous permettez... Eh bien, c'était à Paris, pas à Rouen, et pas au Palais, à l'Opéra. On jouait *Don Juan.* Don Juan, c'était Maurel. — Vous connaissez *Don Juan ?*

EMMA

Oui, je connais.

JULES

C'est admirable ! Vous êtes musicienne ?

EMMA

Un peu... Mais votre histoire ?...

JULES

Je ne l'ai pas encore commencée et déjà elle vous intéresse.

EMMA

Non ! Ce qui m'intéresse c'est de savoir comment vous avez connu M. Bernichon.

JULES

Vous le connaissez donc ?

EMMA

Je vous ai dit que j'avais entendu parler de lui.

JULES

Eh bien donc, j'étais à l'Opéra, et lui aussi ; un fauteuil d'orchestre nous séparait et naturellement, au lieu de tenir nos chapeaux à la main, nous les avions placés sur ce fauteuil inoccupé. Je ne me souviens plus si c'était le sien ou le mien qui était sur l'autre, mais ce que je sais bien c'est qu'en sortant de l'Opéra, mon chapeau était devenu trop grand ; le sien, par contre, avait dû devenir trop petit. Nous avions fait un échange de chapeaux. Rentré chez moi, j'examinai le couvre-chef et j'aperçus au fond de la coiffe un B majuscule. Or, comme je m'appelle Jules Besnard, le chapeau pouvait être à moi.

EMMA, *à part.*

C'est lui ! C'est mon prétendu !

JULES

Vous dites, madame ?

EMMA

Rien ! Je suis très curieuse de savoir comment vous avez pu retrouver le propriétaire du chapeau.

JULES

Le fait est que je ne l'aurais jamais retrouvé si je n'avais pas été avocat.

EMMA

Je ne vois pas en quoi...

JULES

Vous allez voir ! Un avocat est toujours doublé

d'un juge d'instruction, ou d'un policier, c'est-à-dire d'un curieux. Après avoir constaté que ce chapeau marqué d'un B ne pouvait être à moi, je l'examinai de nouveau. Il était neuf, comme le mien, d'ailleurs. Au-dessous de l'initiale se trouvaient le nom et l'adresse du chapelier. Un chapelier de Paris ! J'allai chez lui : — Monsieur, lui dis-je, voici un chapeau qui sort de vos magasins ; pouvez-vous me donner l'adresse de son propriétaire ? L'industriel regarda le chapeau et l'initiale et me dit : — C'est un chapeau que j'ai vendu il y a quatre ou cinq jours à un monsieur qui était descendu au Grand-Hôtel. — Très bien, mais son nom ? — Ah ! son nom ! — Il consulte ses livres et retrouve tout de suite sa vente ; mais l'acheteur n'avait pas donné son nom. Seulement il avait donné le numéro de sa chambre dans l'hôtel. Numéro 116. Cela suffisait. Je courus au Grand-Hôtel et ne tardai pas à me trouver en présence de M. Bernichon. — Je lui racontai alors comment j'étais parvenu à le retrouver, ce qui l'amusa beaucoup.

EMMA

Alors vous fîtes connaissance.

JULES

Oui. Il me dit qu'il était notaire à Rouen, qu'il s'appelait Bernichon et qu'il venait de temps en temps à Paris ; que je lui ferais plaisir d'aller le voir, si j'allais jamais à Rouen. Et il me tendit sa carte.

Immédiatement je lui donnai la mienne. Quand il eut jeté les yeux dessus, il me regarda et s'écria : — Jules Besnard. Vous vous appelez Jules Besnard ! Mais alors votre père doit être un ancien procureur général. — Précisément ! — Un de mes vieux amis que j'ai depuis longtemps perdu de vue, que j'aimais beaucoup. — Hélas, monsieur, je l'ai perdu il y a deux ans ! — Pauvre Besnard ! Mais vous êtes son fils, je veux que vous soyez mon ami ! Là-dessus, bavardages de toutes sortes : il me raconta sa vie, je lui dis la mienne et depuis ce temps, c'est un autre père qui m'est revenu. Voilà comment j'ai connu maître Bernichon et pourquoi, sur son désir, je vais à Rouen pour être présenté à sa pupille qui, paraît-il, est une femme charmante, une jeune veuve distinguée qu'il destine à faire mon bonheur.

EMMA

C'est le mariage au chapeau !

JULES

Oh ! je ne suis pas encore marié ! Tout d'abord il faudra que cette personne me convienne.

EMMA

Et vous êtes difficile probablement ?

JULES

Je passerai d'abord sur la figure.

EMMA

Elle est peut-être horrible...

JULES

Non ! M. Bernichon ne me l'aurait pas proposée ;
mais je tiens au caractère.

EMMA

Vous voulez une femme douce, qui vous obéisse,
une esclave légitime.

JULES

Mais non ! Mais non ! Je ne veux pas une momie.
Je veux une femme enjouée et sérieuse à la fois. Une
femme du monde qui sache recevoir, ma position
m'y oblige, et en même temps une femme d'inté-
rieur qui se plaise avec moi.

EMMA

Thé et pot-au-feu réunis.

JULES

Si vous voulez ! Elle pourra être vive, mais pas
colère. Je veux bien qu'elle soit un peu jalouse, c'est
une marque d'affection, mais pas trop, car ce serait
de l'égoïsme. Du reste je ne lui en fournirai pas les
motifs.

EMMA

Bref, vous voulez une femme modèle.

JULES

A peu près ! Je lui tolérerai son esprit, s'il n'est
pas méchant.

EMMA

Vous êtes généreux ! Et si elle n'avait pas d'esprit ?

JULES

Je lui pardonnerais sa bêtise si elle ne la montrait pas trop.

EMMA

C'est très intelligent ! Mais, de votre côté, que lui offrez-vous ?

JULES

Moi ! j'ai le caractère le plus égal du monde. Je digère bien. Je ne suis pas injuste, j'ai trop de bon sens pour cela ; je...

EMMA, *l'interrompant.*

Prenez garde ! Il y a peut-être un peu de fatuité dans l'énumération de vos qualités.

JULES

Nullement ! Vous m'interrogez, je réponds.

EMMA

Peut-être ne vous connaissez-vous pas très bien.

JULES

On se connaît toujours un peu.

EMMA

Alors, vous n'avez pas de défauts ?

JULES

Oh ! si ! je fume !...

EMMA

Ce n'est pas précisément un défaut, c'est une mauvaise habitude. Et si votre femme vous demandait de ne pas fumer ?...

JULES

Dame ! j'avoue que cela me contrarierait un peu ; mais enfin, si elle y tenait bien, j'essayerais de lui donner satisfaction.

EMMA

Une qualité de plus ! Vous êtes docile.

JULES

Oh ! docile ! docile ! cela dépend. Je me priverais volontiers de tabac pour faire plaisir à ma femme, mais si elle avait des caprices moins anodins, je saurais résister.

EMMA

Vous êtes autoritaire.

JULES

Nullement. Le ménage est une association, il faut s'aider.

EMMA

Et céder !

JULES

Quelquefois ! Eh bien, madame, vous qui êtes femme, mariée peut-être ou veuve, car vous voyagez seule, croyez-vous que je ferais un bon mari ? — Car enfin je m'embarque pour un pays que je ne connais pas, peut-être n'ai-je pas toutes les vertus néces-saires ?

EMMA

Vous m'embarrassez ! (*A part.*) Je ne puis pourtant pas lui dire que je le trouve bien ! Quand il me connaîtra...

JULES

Eh bien, madame, vous ne répondez pas ?

EMMA

Si j'étais la personne que vous allez voir, je pourrais peut-être vous répondre ; mais je crois, ne l'étant pas, qu'il est peu convenable de vous donner mon avis.

JULES

Eh bien, supposez que vous êtes cette personne. Je ne vous ai rien caché, je me suis laissé aller à me montrer à vous à cœur ouvert, et je vous demande, sans arrière-pensée, si vous croyez que je ferais un bon mari.

EMMA

Vous voulez des compliments ? Je ne vous en ferai pas.

JULES

Faut-il prendre cela comme une réponse ?

EMMA

Comme vous voudrez. Mais je crois que nous approchons de Rouen, il me semble voir les clochers de la cathédrale.

JULES

Alors nous allons nous quitter! Le temps m'a paru très court, grâce à votre aimable conversation.

EMMA

C'est vous qui avez parlé tout le temps

JULES

Vous croyez? C'est bien possible... Vous savez, un avocat! Ah! madame...

EMMA

Quoi?

JULES

Faut-il vous dire, madame, que je conserverai de ce voyage un très doux souvenir, et que si je n'étais pas attendu chez M. Bernichon...

EMMA

Prenez garde!

JULES

Enfin vous avouerez qu'on n'est pas maître de ses sympathies et que j'ai bien le droit de regretter...

VOIX AU DEHORS

Rouen! Rouen! dix minutes d'arrêt.

EMMA

Monsieur, nous sommes arrivés!

JULES

Alors, je ne vous reverrai plus jamais?

EMMA

Qui sait ?

JULES, *vivement.*

Mais où, quand, comment ? Répondez

EMMA

Déjà infidèle, avant l'hyménée ! Voilà un défaut
que vous n'aviez pas signalé.

JULES

Oh ! infidèle ! Je ne suis pas encore engagé ! Eh
bien, où vous verrai-je ?

EMMA, *sortant du wagon.*

Tout à l'heure, chez maître Bernichon, mon
tuteur ! Au revoir, monsieur Jules Besnard !

JULES

C'était ma future !

ÉMILE COLIN. — Imprimerie de Lagny.

DIALOGUES

POUR JEUNES GENS

Barbier (le) Giovanni, 2 personnages, par LEMERCIER DE NEUVILLE.

Tuyau (le), 2 personnages, par le même.

Compartiment de fumeurs, 2 personnages, par le même.

Un habit pour deux, 2 personnages, par le même.

Coup (le) de marteau, 2 personnages, par le même.

Prix : 50 centimes chacun

DIALOGUES

POUR JEUNES FILLES

Zémire et Azor, 2 personnages, par LEMERCIER DE NEUVILLE.

La servante, 2 personnages, par le même.

Le nom de baptême, 2 personnages, par le même.

Madame de Bonne-Nouvelle, 5 personnages, par le même.

Une nouvelle connaissance, 2 personnages, par le même.

Les deux nerveuses, 2 personnages, par Ad. JOLY.

Prix : 50 centimes chacun

MONOLOGUES POUR FILLETTES

Prix : 50 centimes chacun

Les Infortunes d'une poupée, en vers, par Marie VERNET.
Nini Pimbêche, en vers, par LEMERCIER DE NEUVILLE.
Mademoiselle Potinette, en vers, par le même.
Le louis d'or, en vers, par le même.
Cours de coquetterie, en vers, par le même.
Le dévouement de Nanette, en prose, par Paul CROISET.
L'Age ingrat, en vers, par Tony CRÉTIEN.

PIÈCES & DIALOGUES POUR FILLETTES

Prix : 50 centimes chacune

A demain, comédie enfantine en 1 acte, 10 personnages, par
Tony CRÉTIEN.
C'est la faute aux grandes, comédie enfantine en 1 acte,
8 personnages, par le même.
Bonne fête, saynète en vers pour fête de directrice, 17 per-
sonnages, par le même.
L'Exposition, pièce universelle en un petit acte, 16 person-
nages, par le même.
La Géographie, scène dialoguée, 13 personnages par LEMER-
CIER DE NEUVILLE.
Les petites bonnes, scène dialoguée, 7 personnages, par
le même.
Le jour de l'An, scène dialoguée, 2 personnages, par le
même.
A quoi servent les bêtes, scène dialoguée, 2 personnages,
par le même.
Le Déjeuner, scène dialoguée, 2 personnages, par le même.
Le Compliment, scène dialoguée, 2 personnages, par le même.
Servante et Maîtresse, scène dialoguée, 2 personnages,
par Tony CRÉTIEN.
Les Deux nerveuses, scène dialoguée, 2 personnages, par
Ad. JOLY.

FÉERIE ENFANTINE

La Poupée vivante, 3 personnages, par LEMERCIER DE
NEUVILLE . . . . 1 fr. »

MONOLOGUES POUR GARÇONNETS

Prix : 50 centimes chacun

Un diable-à-quatre, en vers, par M. Guerrier de Haupt.

Très calme, en vers, par Abel Marlette.

Propriétaire et Locataires, par Abel Marlette.

Petit Noël, en vers, par M. Vernet.

Plus de croix, récit dramatique en vers, par Azis.

L'Ami Fernand, en vers, par Tony Crétien.

PIÈCES ET DIALOGUES POUR GARÇONNETS

Prix : 50 centimes chacune

Soldats de la classe, pièce militaire à grand spectacle en 1 acte, 10 personnages, par Tony Crétien.

Les deux cadrans, scène dialoguée, 4 personnages, par Lemercier de Neuville.

Un procès rigolo, scène dialoguée, 11 personnages, par le même.

Les Colles, dialogue, 2 personnages, par le même.

Le Pâtissier et le Ramoneur, dialogue, 2 personnages, par le même.

Le Corbeau et le Renard, dialogue, 2 personnages, par le même.

Le petit Prince, dialogue, 2 personnages, par le même.

OPÉRETTES

POUR JEUNES GENS

Pourny (Ch.).......	Pirouette et Mistigri, parade, 2 personnes, paroles seules.........	0 50
Tiercy (G.).........	Les gros bonnets de Tripalamoule, 4 personnes, paroles seules. net	1 »
Villebichot (A. de).	Orphéoniste et Fanfariste, 2 personnes, paroles seules.........	0 50
—	Les deux Pierrots, 2 personnes, paroles seules.................	0 50
—	Les deux Conférenciers, 2 personnes, paroles seules............	0 50
Pourny (Ch.).......	Les Etrennes de Barbichon, 8 personnes, paroles seules.........	1 »
Arnoud (J.)........	Photographe et Garde champêtre, 2 personnes, paroles seules....	0 50

Chaque Opérette, musique seule, piano et chant, 3 francs net.

POUR DEMOISELLES

Villebichot (A. de).	Pénitence et Repentir, 2 personnes, paroles seules.................	0 50
—	La petite Mendiante, 6 personnes, paroles seules.................	0 50
—	L'Italien de Montmartre, 2 personnes, paroles seules............	0 50
Pourny (Ch.).......	Le Jour de l'an de Mme Durand, 8 personnes, paroles seules....	1 »

Chaque Opérette, musique seule, piano et chant, 3 francs net.

POUR DEMOISELLES ET JEUNES GENS

Massé (V.).........	Une Loi somptuaire, 2 actes (costumes Louis XV), 4 personnes, 2 jeunes gens et 2 demoiselles.	
—	La Trouvaille, 1 acte, 5 personnes, 1 jeune homme et 4 demoiselles.	
—	Les Enfants de Pérette, en 2 tableaux, 5 personnes, 1 jeune homme et 4 demoiselles (*sous presse*).	
—	La Petite sœur d'Achille en 2 tableaux, 5 personnes, 4 demoiselles dont 1 travesti et 1 jeune homme (*sous presse*).	

Chaque Opérette, partition piano, chant et livret,
6 francs net. — Livret seul, 1 franc.

NOTA. — Demander le Catalogue des dernières
nouveautés musicales pour Maisons d'éducation

[illegible]

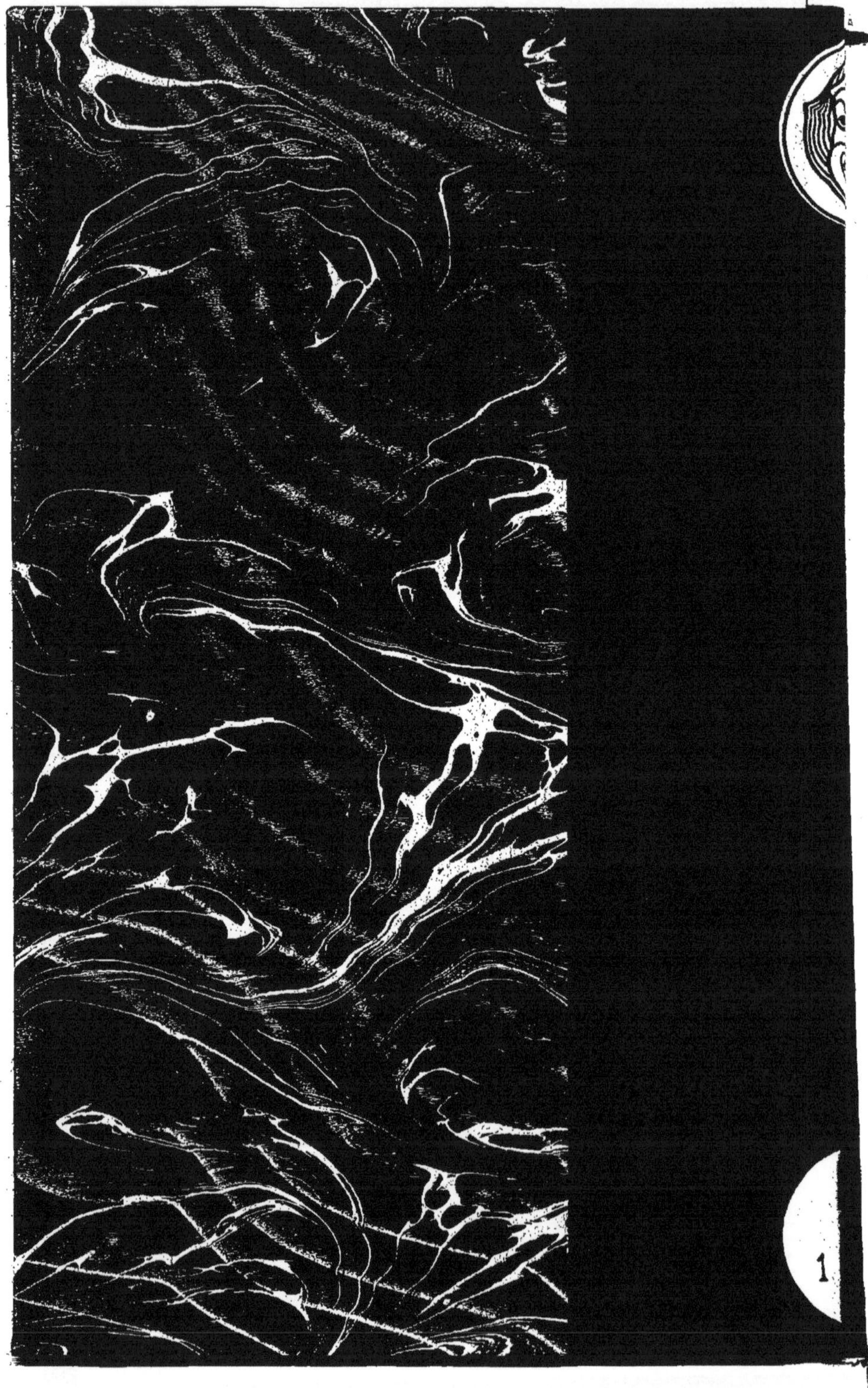

1

www.ingramcontent.com/pod-product-compliance
Ingram Content Group UK Ltd.
Pitfield, Milton Keynes, MK11 3LW, UK
UKHW022346120726
13694UKWH00004B/1714